AF310808

27
L n 15803.

NOTICE

SUR

PIERRE-ÉMILE PARTOUT

Directeur de la Salpêtrière;

PAR

M. TRÉLAT

Médecin de cet hospice.

PARIS

TYPOGRAPHIE DE COSSON ET COMPAGNIE

RUE DU FOUR-SAINT-GERMAIN, 43.

1862

NOTICE

SUR

PIERRE-ÉMILE PARTOUT

Directeur de la Salpêtrière.

Quand un homme de bien, placé là où il peut être utile, est enlevé tout à coup à ses travaux, à sa famille et à tous ceux qui le bénissent, c'est un grand malheur; ce malheur peut être pour longtemps irréparable.

Et pourtant, c'est une loi à laquelle il faut obéir. L'homme naît, vit et meurt.

Mais pourquoi meurt-il quelquefois avec tant de promptitude et dans toute l'activité de son travail?

Ainsi périt celui dont nous nous occupons aujourd'hui.

Toutes ses journées étaient laborieuses. Toutes étaient remplies de bonnes actions. Il était l'homme du devoir et il accomplissait le devoir avec autant de simplicité que de douceur.

Dans toutes les situations que le sort lui avait imposées ou livrées, il s'était appliqué à bien faire et il avait mieux fait que les autres.

Suivons-le dans sa carrière tourmentée. Ce spectacle de

l'homme fort aux prises avec les difficultés de la vie est beau à voir. Il faudrait le mettre à profit : savoir fortifier et grandir celui qui lutte, et balayer les obstacles qui si souvent retardent sa marche et quelquefois le brisent et le tuent.

Pierre-Émile PARTOUT naquit à Paris, le 2 mars 1798. Son père était artiste graveur, et l'un de ses oncles fut le savant mathématicien Paucton, membre correspondant de l'Institut, auteur d'une Théorie de la vis d'Archimède, d'un Traité des mesures, poids et monnaies des peuples anciens et modernes, et d'une dissertation sur les pyramides d'Égypte. On attribue aussi à cet oncle une traduction manuscrite des hymnes d'Orphée.

Le jeune Partout voyait chez son père des artistes, des gens de lettres (1) et des libraires. Nous reconnaîtrons plus tard que ces relations de son enfance n'ont pas été sans influence sur lui.

Il fut admis à l'École impériale des arts et métiers de Châlons, vers le temps où son cousin Paucton fils, qui venait d'y achever avec distinction son éducation industrielle, était choisi par M. de La Rochefoucauld pour prendre la direction de ses écoles de Liancourt.

Émile Partout s'engagea avec ardeur dans sa nouvelle voie et s'appliqua particulièrement à l'étude et aux travaux de l'horlogerie et des instruments de précision.

Il était là lors des événements de 1814 et 1815, et fit partie de la compagnie d'élèves artilleurs qui fut organisée et qui tint campagne contre l'étranger.

(1) Barré, Radet, Brasier-Desfontaines, Poirson, etc.

A dix-huit ans, il donna un bel exemple de ce que peut
l'autorité du bon sens sur la passion.

Au retour de la paix, le calme eut grand' peine à rentrer
dans l'école, qui avait conservé un esprit belliqueux. M. de
La Rochefoucauld faisait de vains efforts pour y rétablir l'a-
mour de l'étude; on pensa que quelques distractions ne nui-
raient pas, et on toléra des représentations dramatiques
destinées à remplir les heures de loisir de la saison d'hiver.
Émile Partout y eut un grand succès; par un rare privilége,
il excellait à la fois dans les premiers rôles tragiques et dans
ceux de notre divin Molière. Les applaudissements enthou-
siastes qu'il reçut l'enivrèrent un instant. Il crut qu'il pour-
rait être le digne interprète de nos poëtes, et qu'il venait de
trouver sa vocation; mais, en homme fort, il garda son secret pour le mettre à l'épreuve (1). Sans rien compromettre,
il demande un congé et court chez Talma. Celui-ci disait
nettement leur fait aux jeunes gens qui n'avaient à donner
au théâtre qu'un talent médiocre ou douteux, mais, frappé
des heureuses dispositions d'Émile Partout, il le crut ca-
pable de tenter l'épreuve qu'il considérait comme la plus
décisive en pareil cas, le jugement du public de Rouen.

Partout va donc à Rouen, assiste pendant trois soirées
aux débuts d'artistes nouvellement engagés, et, témoin de
disgrâces qui ne lui semblent pas méritées, il arrache le
bandeau qui couvre ses yeux, renonce aux couronnes qu'il
avait rêvées, et retourne modestement à Châlons.

Il y avait asssurément là, chez ce jeune homme, une
grande élévation de sentiments et autant de raison que
de courage.

____

(1) Un seul ami avait reçu sa confidence; cet ami, auquel nous
devons la connaissance de ce fait, est **M**. Cousin.

Rentré dans l'école, il devint le professeur de ceux dont il avait été le condisciple. Nous lisons dans les documents de l'époque que son mérite et sa capacité lui ont valu la distinction d'élève-maître.

On venait de lui confier une classe supplémentaire, quand la ville de Châlons, aidée du concours de l'École des arts, entreprit la fondation d'une institution communale d'après la méthode de Lancaster.

Trois élèves de la maison de Châlons (1) furent chargés d'installer et de diriger le nouvel établissement, qui, grâce au savoir, à l'intelligence de ses jeunes professeurs, à leur dévouement désintéressé, à la bonté toute paternelle avec laquelle ils traitaient et instruisaient les enfants, ne tarda pas à conquérir la confiance des familles et à devenir nombreux et florissant. Il comptait à peine deux ans d'existence quand un accident funeste vint l'accabler (2).

La température était très-chaude pendant le mois de juin de l'année 1820. On se baignait dans la Marne, au lever du soleil. Un cri se fait entendre, c'est celui d'un des directeurs, M. Alexandre Colin, qui perd pied et est entraîné par le courant. Émile Partout s'élance à son secours et l'atteint, sans pouvoir le ramener. Étreint par son ami, submergé avec lui, Émile perd connaissance. On parvient à le porter évanoui sur le bord de l'eau ; son camarade Cousin le

(1) MM. Colin, Talle et Partout. M. Colin était le frère de l'abbé Colin, qui fut, à Paris, successivement premier vicaire à l'église de l'Assomption, curé de Saint-Eustache et de Saint-Sulpice, et dont la mort, arrivée en 1853, a laissé d'unanimes regrets parmi ses paroissiens. M. Talle est aujourd'hui directeur de l'hospice des Ménages.

(2) Nous devons le récit de tous ces faits à M. Cousin, ancien élève de l'école de Châlons, condisciple et ami d'Émile Partout, entré comme lui dans l'administration des hôpitaux, et aujourd'hui directeur de la boucherie de l'assistance publique.

rappelle à la vie ; mais on plonge vainement de tous côtés dans la rivière, ce n'est que cinq jours plus tard qu'on retrouve à Condé-sur-Marne le corps de l'infortuné Colin.

La population s'associa au deuil des deux écoles et assista presque entière aux obsèques, qui furent célébrées le sixième jour.

Après ce malheur, M. Talle ayant été appelé à Paris pour y avoir un emploi à la boulangerie générale des hôpitaux, la municipalité décida qu'Émile Partout resterait seul directeur de l'école communale, et l'élève Cousin fut désigné pour le travail de comptabilité qu'Alexandre Colin, malgré ses nouvelles fonctions, avait conservé dans les bureaux de l'École des arts.

Au mois de juin de l'année suivante M. de La Rochefoucauld disposait de deux places dans l'administration des hospices de Paris. MM. Partout et Cousin, qui ne devaient presque plus se quitter, furent désignés pour les occuper.

Quatre mois s'étaient à peine écoulés, que l'école communale, menacée dans son existence, rappelait avec les plus vives instances son directeur. Oubliant tous ses intérêts, celui-ci ne put résister à pareille demande, et avec lui reparurent le bon ordre et les bonnes études. Il garda ce dépôt jusqu'à ce qu'il en eût assuré la conservation, en formant lui-même son auxiliaire, son successeur, et ne quitta définitivement Châlons qu'à la fin de l'année scolaire 1822.

A cette époque, il eut un grand chagrin, une triste déception. L'acquéreur d'un établissement important d'instruction primaire et secondaire avait besoin de son savoir et venait de lui proposer une association qui fut trop promptement acceptée. D'un côté étaient tout le savoir et toute la vertu, — de l'autre tout ce qui compromet et perd les meilleures entreprises. Avant la fin de 1824 le fardeau de cette maison pesait entièrement sur Emile Partout, qui le soutint jusqu'à ce que les engagements pris envers les familles fussent complétement garantis, mais il y perdit ce qu'il possédait.

Dans cette situation, si honorable mais si difficile, une classe d'élèves commençants lui fut quelque temps confiée au collége Henri IV.

Enfin, quoique trois ans auparavant il n'eût fait que paraître quelques mois à l'administration des hospices, l'impression qu'il y avait laissée ne s'était pas effacée. Il y rentra d'abord à titre provisoire le 1er octobre 1824, et définitivement le 1er janvier 1825.

Il se maria alors, à l'âge de vingt-sept ans, avec une de ses parentes, qu'il perdit après moins de huit années de mariage. Elle laissait un fils qui prit part, vingt-cinq ans plus tard, à la guerre de Crimée et à l'assaut de Sébastopol.

Homme de famille, Émile Partout ne pouvait rester longtemps seul. Il n'eut que trois ans et demi de veuvage et se remaria au mois de décembre 1836. Deux filles et un fils sont nés de cette heureuse union. Le dernier enfant est encore en bas âge.

Depuis 1824 jusqu'en 1835, celui que nous regrettons n'avait été employé qu'en qualité de commis, tantôt dans les bureaux de l'hospice des Enfants-Trouvés, tantôt dans ceux de l'administration centrale, et en dernier lieu à l'hôpital Necker. Il avait trente-sept ans, et par onze ans de contact et d'épreuve de chaque jour, on n'avait pas su mesurer assez sa force pour se hâter de la mettre en valeur. Ceux qui disposent des emplois ont parfois la vue bien courte !

Il fallut un accident pour qu'on songeât à lui, et la ressource des sollicitations pour décider son avancement. Il racontait quelquefois avec une gaieté charmante ce qu'il eut à faire et ce qu'il fit. A cette époque deux ou trois de nos établissements hospitaliers avaient des femmes pour directeurs, et ces dignes personnes, au reste, s'acquittaient bien de la tâche qui leur était confiée. L'excellente sœur Abraham, atteinte d'une maladie mortelle, était hors d'état de continuer ses fonctions et venait de les résigner. Plusieurs amis de M. Partout, commis comme lui, l'engagèrent à les solliciter. Comme ils cherchaient à stimuler son zèle et qu'ils n'obtenaient rien de lui :

— Connaissez-vous un épicier qui vous veuille du bien ? lui demande l'un d'eux.

Partout le regarde avec étonnement et lui répond :

— Mon capitaine (1) est épicier ; mais que voulez-vous de lui ?

— Votre affaire est sûre : aujourd'hui l'épicier règne et gouverne. Allez voir le vôtre, ce n'est pas bien difficile ; qu'il demande et il obtiendra.

« Mon ami parlait avec tant d'assurance qu'il m'entraîna, disait M. Partout. J'allai voir mon capitaine, qui était obligeant. Il fit la démarche, elle eut un plein succès, et voilà comment je suis devenu directeur de l'hôpital Necker. »

Onze ans plus tard il était nommé directeur de l'hôpital des Enfants malades, et parvenait successivement à la direction de l'hôpital Saint-Louis en 1849, à celle de l'hospice de Bicêtre en 1856, et enfin, en octobre 1858, à la direction de la Salpêtrière, où sa vie si honorable devait se terminer le 21 janvier 1862.

____

(1) Dans la garde nationale.

Nous allons voir ce qu'il fut dans cette maison où il trouvait un milieu qui lui convenait, un travail à sa taille, les études les plus appropriées à l'élévation de son caractère et à la richesse de son cœur.

Il avait soixante ans quand il y arriva!...

Mais d'abord parlons un peu de ce grand hospice, de sa constitution, des difficultés et des délicatesses de son administration.

Il y a là une population de plus de cinq mille personnes à diriger : c'est plutôt un gouvernement qu'une simple direction, et ce gouvernement est compliqué, car ses éléments sont très-divers.

Comptons :

Trois mille et quelques cents femmes âgées ou aveugles, ou infirmes, réparties en huit services, et parmi lesquelles il y a toujours bon nombre de malades. Pour ces malades une infirmerie de deux cent quatre-vingt onze lits (1), un hôpital dans l'hospice.

Un quartier particulier, dit des *Reposantes*, affecté aux employées en retraite.

Une boucherie fournissant de la viande et une cuisine la préparant, ainsi que toutes les autres substances alimentaires, pour cinq mille bouches.

Une buanderie continuellement en travail de jour et de nuit, ayant blanchi en 1855 trois millions quatre cent dix-neuf mille cent quatre-vingt-dix-sept pièces de linge; en 1856, trois millions quatre cent trente-six mille quatorze;

---

(1) Outre ces deux cent quatre-vingt-onze lits, l'infirmerie compte toujours dans son cadre et comprend dans son régime et dans ses cahiers de visite une soixantaine de lits dans le quartier des incurables : en ce moment soixante-quatorze (mai 1862).

en 1857, trois millions quatre cent soixante-dix-huit mille six cent cinquante-neuf; en 1858, trois millions cinq cent soixante - sept mille quatre cent cinquante; en 1859, trois millions quatre cent soixante - seize mille quatre cent quarante-deux; en 1860, trois millions cinq cent quarante-neuf mille cinq cent soixante et onze; en 1861, trois millions six cent neuf mille trois cent soixante-huit.

La buanderie de la Salpêtrière blanchit non-seulement sa propre maison, mais encore les hôpitaux de l'Hôtel-Dieu, de la Charité, des Cliniques et de Beaujon (1).

Une vaste lingerie en activité permanente.

Des ateliers d'habillement.

Des ateliers de raccommodage.

Des ateliers de préparation d'appareils et de pièces à pansement.

Cinq services de femmes aliénées, idiotes ou épileptiques, constituant un total de près de quinze cents personnes dépourvues de leur raison.

Dans chaque service d'aliénées, une infirmerie pour les maladies incidentes.

Le travail rémunéré institué partout, dans les services d'aliénées comme ailleurs, plus qu'ailleurs, parce qu'il a une grande part dans le traitement.

Un atelier central de distribution de travail; plusieurs ateliers de couture dans chaque service.

(1) Il est tels de ces services, la buanderie et la cuisine, par exemple, qui, outre le personnel féminin, exigent un grand nombre d'hommes pour les ouvrages de force, dix-huit, vingt ou trente par service; tout ce personnel et tout ce mouvement sous la direction et sous la responsabilité d'une surveillante.

La force impulsive donnée à toute cette grande machine lui vient des médecins (1) et du directeur.

Les médecins ont leurs élèves internes et externes.

Le directeur et les médecins sont secondés par vingt et une surveillantes, soixante-quatorze sous-surveillantes, et trois cent cinquante et une filles de service.

Vincent de Paul, qui a fondé la Salpêtrière, dans la première partie du dix-septième siècle, a écrit dans ses statuts que cette maison ne serait confiée à aucun ordre religieux, mais à des laïques, à des mères de famille portant cependant le nom de sœurs et vêtues d'un costume sévère, à coiffe nuancée selon le grade (2). Cette règle a été respectée et observée jusqu'ici, quelques efforts qu'aient pu faire les corporations religieuses pour remplacer les laïques.

Vincent de Paul n'avait rien négligé pour que ses employées fussent entourées de considération : sans cet élément, pas d'autorité possible. Les titres qu'il leur conféra indiquent bien sa pensée. Elles se divisaient en deux classes : les *officières* et les *gouvernantes ;* ce sont nos *surveillantes* et nos *sous-surveillantes* actuelles. Ces titres d'officières et de gouvernantes se sont conservés presque jusqu'ici et étaient encore très-usités il y a vingt ans. Le fondateur de la Salpêtrière n'avait pas voulu voir dans ses officières de simples servantes, puisqu'il leur avait décerné le titre et le signe du commandement.

---

(1) Cinq médecins des aliénées ou épileptiques, deux médecins de l'infirmerie générale, un chirurgien, huit élèves internes.

(2) Ce nom de sœur, si doux à prononcer près des malades, n'a été aboli que depuis environ huit ou dix ans.

Le peu de mots qui précèdent donnent une idée des difficultés de la situation :

Une douzaine de services généraux et quatorze ou quinze services particuliers ;

Cinq mille femmes à gouverner, souvent à pacifier ; un personnel médical à satisfaire ; des employées mères de famille dont le dévouement peut s'échauffer ou se refroidir ; une succession continuelle de petits faits ou d'accidents graves qui prennent tout le temps et ne laissent aucun repos ; correspondance avec l'autorité centrale, nécessité de se rendre près d'elle et d'y faire de longues séances.

Nous avons vu, depuis vingt ans, cinq directeurs de la Salpêtrière. Les quatre premiers ont assurément été fort honorables. Ils ont bien mérité de l'administration et de leurs administrés. Ils ont très-loyalement exécuté les instructions qu'ils recevaient. L'un d'eux a succombé à son dévouement dans l'épidémie cholérique de 1849, et personne n'a rendu plus d'hommages à sa mémoire que l'auteur de cette notice.

Ceux qui viennent d'être indiqués ont fait du bien, mais chaque mesure utile qu'ils provoquaient blessait toujours quelques susceptibilités, excitait un nombre plus ou moins grand de mécontents.

Il ne fut donné qu'au cinquième de ne recevoir, pendant toute la durée de ses fonctions à la Salpêtrière, que d'unanimes témoignages d'affection et de reconnaissance.

C'est qu'aussitôt qu'il avait été appelé dans cette immense maison, il s'y était senti saisi de plus de respect, de plus d'amour encore pour sa femme, pour ses filles, et animé, éclairé de facultés nouvelles. L'aspect de la souffrance l'attendrissait et le vivifiait au lieu de le glacer et de l'endurcir. En franchissant le seuil de ce palais de la vieillesse et de

-toutes les infirmités humaines, en voyant toutes ces femmes dont l'existence avait été pleine de douleur, cet homme de bien avait éprouvé un besoin de réparation près d'elles.

Il fut à la Salpêtrière un directeur plus utile encore et plus bienfaisant qu'il ne l'avait été à Bicêtre, à Saint-Louis, aux Enfants malades et à l'hôpital Necker. Il lui fallait toutes les difficultés de la situation pour qu'il eût l'honneur de les vaincre, il lui fallait ce milieu pour qu'il conquît l'usage de toute sa force.

Il avait toujours des ressources nouvelles pour faire le bien. Les médecins réclament fréquemment pour leurs malades. Nous ne le trouvions jamais en défaut. Il avait pour but et pour devise : « *être utile.* » Nous demandions, quelquefois peu sûrs d'obtenir. Soit que nous eussions la franchise de le lui dire, soit qu'il le devinât à notre hésitation, c'était souvent lui qui nous indiquait comment nous pourrions avoir ce que nous désirions. « Pourquoi pas? nous disait-il, il y a un moyen tout simple d'accorder votre demande avec les règles de l'administration. »

Il excellait avec un tact et une habileté rares dans l'exécution des mesures prises par l'autorité centrale. Ces mesures étant générales, peuvent, toutes justes qu'elles soient dans leur généralité, être souvent tout à fait inapplicables dans une maison si diversement composée : la vieillesse, ses asiles, l'infirmerie, les services d'aliénées, le personnel des employés, les médecins, le directeur, l'économe, les prêtres.

Il est écrit qu'on ne doit entrer à la Salpêtrière que le dimanche et le jeudi, de midi et demi à trois heures.

Si cette règle est appliquée comme une consigne de faction, plus d'accès des familles près des médecins : or, le médecin d'aliénés ne peut rien sans les familles, sans les renseignements qu'elles lui fournissent. Ce sont les familles qui lui donnent ses plus puissants moyens de traitement.

Si cette règle est inflexible, le public du dehors ne peut avoir aucune part aux consultations ; les médecins, le directeur, l'économe, les aumôniers ne peuvent plus recevoir personne. Ils sont tenus au secret.

Nous avons voulu rendre la situation saisissante par de gros exemples, mais ces contradictions et ces difficultés se reproduisent chaque jour sous mille nuances dans l'interprétation des circulaires et des instructions de l'autorité centrale.

Il devrait être capital et organique pour toute grande administration d'avoir des fonctionnaires qui eussent par eux-mêmes assez de caractère et assez de sagacité pour savoir être justes et humains jusque dans l'application des mesures les plus absolues.

L'importance d'une place n'est pas seulement dans la place, elle est aussi dans celui qui l'occupe. Il est des fonctionnaires qui donnent à leur emploi plus de lustre qu'ils n'en reçoivent. Ainsi était M. Partout. Il ne faisait, même en administration, que ce qui était possible selon sa conscience. Quand la liberté d'examen se produit avec une pareille autorité morale, il faut bien lui laisser du champ.

Mais ce qui distinguait surtout cet homme éminent et ce qui faisait sa force dans cette maison de femmes, c'était sa manière d'être avec les femmes.

Comme il les respectait profondément, il s'appliquait de tous ses soins à les rendre plus respectables. Il croyait bien faire en leur parlant avec douceur, avec ces ménagements que l'homme doit toujours garder avec la femme, même quand il commande.

Ces vingt et une surveillantes et ces soixante-quatorze

sous-surveillantes, parmi lesquelles il y a des personnes de haute intelligence et de grande valeur, il les relevait à leurs propres yeux, et il obtenait d'elles tout ce qu'elles pouvaient donner de travail et de dévouement. Il les relevait aussi aux yeux de leur personnel, et il rendait ainsi leur tâche plus facile.

Comme il n'avait jamais rien à leur demander, rien à leur dire qui ne se rapportât à leurs devoirs, il pouvait être et il était avec elles parfaitement bon, parfaitement à l'aise dans l'exercice de sa bonté. Aussi quelle confiance elles avaient en lui !

Il avait été souvent témoin des hommages qu'elles avaient reçus de la part d'illustres visiteurs, frappés à la fois de la modestie de leur emploi et de la grandeur réelle de leurs fonctions. Rien ne le rendait plus heureux que ces honneurs non suspects de flatterie, et chaque fois qu'il les voyait décerner, il en était tout fier (1).

Il avait toujours eu au service de son amour du bien un corps solide, une santé inébranlable (2). Il est vrai qu'en pareille matière il n'eût pas dû être juge bien compétent, car il ne sentait que le mal des autres et non le sien. Quand

---

(1) Mesdames de Caffarelli et de Caulaincourt, visitant un jour la Salpêtrière, dans un but d'étude et de bienfaisance, dirent à M. Censier, alors directeur de cette maison, qu'elles ne connaissaient nulle part de fonctions plus élevées que celles de ces dignes surveillantes. Mesdames de Rambuteau et de Rocca rendirent le même témoignage mais surtout madame de La Rochefoucauld, qui visitait souvent notre maison quand son mari était membre du Conseil général des hôpitaux. Les mêmes pensées ou d'analogues ont été exprimées plusieurs fois, ces années dernières, par une dame qui consacrait toute sa fortune à la fondation d'établissements hospitaliers, par des savants étrangers et par des membres de commissions occupées de charité publique.

(2) A l'exception du choléra, dont il fut atteint en 1832, il n'avait jamais été malade.

il souffrait, il n'en disait rien, pour éviter à sa famille le partage de sa douleur. Il entendait ne faire communauté avec elle que de sa joie, que de son bonheur.

Il y a moins de deux ans, quelques douleurs qu'il ressentait depuis longtemps, sans qu'il s'en fût jamais plaint, étant devenues violentes et insupportables, il se rendit chez un médecin qui le sonda. Il avait la pierre. Cette pierre fut brisée en deux séances. Il n'en parla à sa femme qu'après sa complète guérison.

La journée du lundi 20 janvier dernier s'était passée comme toutes ses autres journées, dans le travail, mais le soir il y eut une exception à sa vie habituelle.

Dans une famille de ses amis on venait de marier une jeune fille étroitement liée avec ses enfants. Les deux familles se réunirent chez les parents de la nouvelle mariée. Toute la soirée il fut occupé de la charmante gaieté de cette jeunesse. Il désira prolonger le plaisir qu'il éprouvait; il ne pouvait se décider à partir, et au retour il parlait encore à sa femme et à ses filles de l'agrément et du bonheur de cette réunion. Il était alors plus de minuit. Il n'avait plus que quelques minutes à vivre.

Le matin, 21 janvier, comme il restait immobile, lui qui se levait de bonne heure, on crut que, s'étant couché tard, il dormait encore et on fit silence.

On fit silence longtemps.

Il n'y eut pas de réveil.

Le médecin, qui était l'ami de la famille, arriva; le prêtre aussi, qui était également l'ami.

Il n'y avait là aucune trace de souffrance, pas le moindre vestige d'agitation. Le visage était parfaitement calme, les

2

membres doucement posés comme pendant le sommeil. Les couvertures n'étaient pas dérangées. — Le corps était entièrement froid, la rigidité cadavérique complète. La mort avait suivi immédiatement le coucher. Elle n'avait été précédée d'aucun avertissement, d'aucune souffrance.

Le médecin et le prêtre n'eurent qu'à mêler leurs larmes aux larmes de la famille.

Jamais on ne vit plus grande douleur ; jamais il n'y eut plus de douceur dans la plainte, plus de sublimité dans le martyre.

Et toute cette grande maison pleurait aussi.

Elle pleura tout entière aux funérailles du lendemain.

Depuis la mort jusqu'aux obsèques les surveillantes demeurèrent en permanence à côté du corps.

Le char funèbre fut suivi du directeur de l'assistance publique, de toute son administration , d'un grand nombre de médecins des hospices, des surveillantes et sous-surveillantes de la Salpêtrière, dé nombreuses députations des habitantes de cette maison et de presque tout le personnel des établissements hospitaliers.

Trois discours ont été prononcés sur la tombe, par M. Husson, directeur de l'assistance publique, par M. Trélat, médecin, et par M. Battel, ancien administrateur des hospices.

M. Husson prit dans cette funèbre solennité l'engagement de s'occuper du sort de la famille (1).

____

(1) M. Partout, après avoir réalisé, au profit de l'administration, des économies considérables, notamment pendant sa direction de Bicêtre et de la ferme Sainte-Anne, et après plus de trente-sept ans de services , n'a laissé aucune fortune.

Cette notice serait incomplète si nous n'y ajoutions quelques mots encore.

Nous n'avons honoré jusqu'ici que M. Partout, ancien élève de l'école de Châlons, ancien directeur de l'école municipale de la même ville, mort à la tête du plus grand établissement hospitalier du monde. Il y avait un autre M. Partout, auteur comique, auteur lyrique, obéissant quelquefois à sa muse, mais se cachant pour écrire, publiant ses œuvres sous un autre nom que le sien, et mettant tous ses soins à ne point compromettre la gravité de l'administrateur par les œuvres légères du poëte.

Tous deux étaient le même homme.

Le fonctionnaire dont nous venons d'esquisser la vie écrivit plusieurs pièces scéniques qui eurent un grand succès aux Variétés et au théâtre du Palais-Royal, entre autres *l'Omelette fantastique* et la *Rue de la Lune*.

Ses relations d'enfance dans la maison de son père avaient sans doute été pour quelque chose dans cette aptitude. C'était, du reste, un goût très-cultivé. Il était d'une grande érudition sur les différentes époques de notre littérature, et s'était nourri de la lecture de nos plus anciens auteurs.

Son penchant était très-prononcé, mais il y faisait bonne résistance, n'y cédait que rarement, et, quand la muse devenait trop exigeante, il la forçait à se contenter mystérieusement du domaine de la famille. C'est pour elle qu'il écrivait la plupart de ses œuvres.

Nous avons sous les yeux un recueil manuscrit, précieux dépôt où il exhalait toute la tendresse de son âme et toute la pureté de ses inspirations. Ces poésies mériteraient d'être publiées.

Dans les grands jours de gloire ou de calamité, quand la

France est saluée par les autres nations ou quand elle souf-
fre, le poëte sait trouver des accents dignes de l'épopée ;
mais ce sont surtout l'idylle et l'élégie qui lui convien-
nent. Nous remarquons une élégie touchante intitulée *l'Or-
phelin.*

Rien de plus gracieux que les nombreux vers qu'il écrit
pour sa femme, pour ses filles, pour son jeune fils et pour
d'autres parents.

C'est toujours la famille. Elle est sa préoccupation de tous
les moments. Elle avait toutes les heures qui n'appartenaient
pas à ses fonctions.

Et en effet, comme il était bien dans ce foyer qu'il s'était
préparé avec tant de soin, avec tant de recueillement! Il y
trouvait le plus doux repos et le meilleur des encourage-
ments après la fatigue. Il aimait mieux cela que le monde,
où il n'allait pas et où il restait silencieux et froid. Il ne
s'ouvrait qu'au milieu des siens ou de quelques amis, et
laissait voir alors un causeur aimable, plein de finesse et de
gaieté.

Tout ce qu'il avait de cœur et d'intelligence il le donnait
à ses devoirs publics, mais il était de ceux qui peuvent beaucoup donner sans s'appauvrir. Après cette dépense il avait
encore pour sa famille la même libéralité. C'était une riche
et inépuisable nature qui se refaisait dans le travail, que
les obstacles fortifiaient, qui, après le labeur de chaque
jour, n'éprouvait ni lassitude ni découragement, et qui gar-
dait toujours les mêmes ressources pour le lendemain.

Sa jeunesse fut consacrée à l'enseignement, son âge viril
à la charité, et les exemples qu'il laisse sont encore un bien-
fait qui lui est dû.

PAROLES

Prononcées le 22 janvier 1862

SUR LA TOMBE

DE

M. PARTOUT

Directeur ·de l'Hospice de la Salpêtrière

PAROLES DE M. HUSSON

Directeur de l'Administration générale de l'Assistance publique.

MESSIEURS,

La terre que nous foulons ne recouvrira pas la tombe autour de laquelle nous sommes réunis sans que je paye à celui qui n'est plus, au nom de l'administration qu'il honorait, le tribut de nos regrets et de notre douleur.

M. Partout était un vieux et dévoué serviteur de l'administration; il y était un exemple. Cœur loyal, esprit judicieux et bienveillant, il savait diriger avec une prudente modération, mais avec une sûreté toujours constante, les importants intérêts confiés à ses soins. Je n'ai jamais rien décidé sur les personnes ou sur les choses de ce qui le concernait sans être avec lui en parfaite conformité de vues et d'idées.

C'est que M. Partout était doué d'un grand tact; c'est qu'il avait, avec la réserve nécessaire à l'administrateur, un sentiment toujours vrai de ce qui est honnête et juste, et cette expérience acquise qui nous fait pénétrer le fond des choses et nous fournit les lumières et les bonnes inspirations.

L'administration ne sera pas oublieuse des services que M. Partout lui a rendus durant une longue gestion dans des postes souvent difficiles. Une haute récompense, chaudement sollicitée pour lui, aurait bientôt prouvé à tous le prix qu'elle y attachait ; elle n'oubliera pas l'homme honorable qu'un acte de générosité et de délicatesse et des charges exceptionnelles noblement acceptées ont fait pauvre, mais qui laisse à sa famille un nom sans tache et respecté de tous.

Que sa femme, si dévouée et si digne d'intérêt, que ses enfants, si malheureux de la perte du meilleur des pères, soient assurés de nos actives sympathies, et que celui qui repose dans la tombe reçoive au moment suprême le témoignage de notre estime, de notre affection et de nos profonds regrets !

PAROLES DE M. TRÉLAT

Médecin de l'Hospice de la Salpêtrière.

———

Messieurs,

Il y a douze ans, M. Hémey, directeur de l'hospice de la Salpêtrière, était enlevé par le choléra aux fonctions qu'il remplissait avec tant de distinction et avec un si noble dévouement. Nous venions ici rendre à sa mémoire l'hommage qui lui est dû.

Aujourd'hui M. Partout, directeur de ce même hospice, vient d'être frappé de mort au milieu de toutes les apparences et de toute l'activité d'une santé inébranlablement soutenue par le sentiment du devoir.

Messieurs, dans les pensées sublimes qu'éveillent l'étude de la vie et l'aspect de la mort, il n'en est pas de plus saisissante et de plus terrible que les regrets donnés à l'homme de bien foudroyé tout à coup, sans avoir le temps de faire un appel ou d'exhaler une plainte. L'homme le plus intelligent, le plus prévoyant, le plus sage, peut donc, dans le cours de la vie la plus paisible, être arraché soudainement, à l'insu des siens et à l'insu de lui-même, aux affections et aux travaux qui avaient toujours été vivifiés et fécondés par les lumières de l'esprit et par la noblesse du cœur. Pour passer d'une existence aussi honorée qu'activement utile à une mort qui ouvre un si grand vide et qui fait couler tant de larmes, il n'aura pas eu un moment pour entrevoir le seuil, pas une minute pour le regret, pour l'espérance, pour l'adieu, pour le départ, pas une seconde pour le recueillement. Il y a là une pensée qui trouble l'esprit et qui abîme le cœur.

Ainsi a fini celui que nous pleurons. Avant-hier, lundi soir, 20 janvier, après une journée laborieuse comme l'étaient toutes ses journées, il avait conduit sa famille dans une maison amie qui venait de marier sa fille. Là, toute la soirée il prit plaisir à voir l'affection pleine de jeunesse et de gaieté qui unissait ses deux filles avec la nouvelle épouse. Rentré chez lui, il se coucha avec ce gracieux souvenir, car il en parlait encore ; il s'endormit dans la pensée de la famille, pour ne plus s'éveiller ni du sommeil de la vie ni de celui de la mort. Il était passé de l'un à l'autre sans violence, sans agitation, sans trouble. Il était dans la même position, dans celle qu'il prenait toujours pour dormir : les membres doucement posés, la couverture n'ayant pas subi le moindre dérangement ; sur cette couche désolée, impossible de surprendre la moindre trace de douleur. Le visage était parfaitement calme.

Le jour venait de naître, et le corps était déjà glacé, la rigidité cadavérique complète ; la mort remontait évidemment à plusieurs heures. Elle était arrivée peu de temps après le coucher, après l'adieu de la famille, après l'adieu du soir qui devait être l'adieu de l'éternité !

Celui qui finissait ainsi n'avait pas souffert ; il s'était endormi doucement, comme il s'endormait chaque soir après la journée sans reproche. Mais quel effroi, quel désespoir dans la famille ! que de larmes intarissables ! quel chagrin dans la maison tout entière, dans cette maison de cinq mille personnes dont il était le père, le père adoré ! Quel deuil aussi dans l'administration dont M. Partout était l'un

des bras les plus actifs, les plus utiles, et l'un des orne-
ments les plus purs! Aussi que de témoignages honorables
qui seront les titres de noblesse de la veuve et des orphelins!

Messieurs, si la parole doit être vraie, sans prévention,
sans exagération de bien ni de mal, refroidie et empreinte
de tout le calme de la mort, c'est ici que cette parole vraie
peut et doit se faire entendre.

Jamais cet immense hospice de la Salpêtrière, consacré
au soulagement de tant de misères et de tant de souffrances,
jamais ce grand asile, qui exige que celui qui en fait mou-
voir les ressorts se multiplie sous toutes les formes administratives, n'avait eu un directeur plus distingué par l'esprit,
plus riche par le cœur, plus modeste dans l'exercice de
son mérite infini et dans la pratique de ses bonnes œuvres.

Aucun, sur ce terrain et au milieu de cette population
nombreuse où le même homme, pour bien faire, doit con-
centrer et exercer tour à tour les fonctions de maire, de juge
de paix, de commissaire de police, mais surtout de conci-
liateur, aucun n'avait jamais saisi et maintenu au même
degré le tact parfait et l'esprit de paix qui constituaient l'une
des grandes ressources du directeur que nous regrettons.

C'est qu'avec la probité la plus sévère et la plus irrépro-
chable, il comprenait toutes les souffrances qu'il était appelé
à consoler; c'est qu'en même temps qu'il était le gardien
le plus sûr des ressources qu'on lui avait confiées, il savait
pourtant sentir qu'on peut quelquefois avoir froid avant la
Toussaint, et avoir encore froid après Pâques.

Pour les bontés administratives si souvent demandées par
les médecins pour leurs malades, jamais M. Partout ne s'est
trouvé au-dessous des réclamations qui lui étaient faites, et
plus elles étaient imprévues, plus il savait être ingénieux à
y donner satisfaction.

Et quand il s'agissait d'apaiser des difficultés, de concilier des oppositions, de calmer ou de rassurer des susceptibilités alarmées, quelle douceur et quel art inapparent et inoffensif il savait mettre en œuvre! Comme il faisait passer chez les autres, et sans qu'on parût tenté de lui en attribuer le mérite, tout le calme et toute la paix qui étaient en lui! On n'a jamais vu plus d'habileté à bien faire en paraissant faire moins. C'est là le grand secret de servir les autres sans les blesser.

Quel est celui de nous, médecins, qui n'a eu fréquemment occasion de reconnaître cette supériorité de M. Partout?

Qu'il soit permis à celui qui a toujours habité la même maison que lui depuis que cette grande direction lui a été confiée, qui s'est lié avec lui de toute l'intimité que donne l'estime la plus profonde, qui l'aimait et le respectait comme on doit aimer et respecter l'homme de bien, qu'il lui soit permis de déposer en son nom et au nom de ses collègues, sur cette tombe entourée de tant de regrets, honorée par une si profonde douleur, les tristes et funèbres hommages qui sont dus à une belle intelligence, à une vie recommandée par le travail sans relâche et par un infatigable dévouement.

Quel exemple à suivre!

PAROLES DE M. BATTEL

Ancien Administrateur des Hospices civils de Paris.

Messieurs,

Encore un de ces coups soudains, foudroyants, que l'impitoyable mort se plaît à frapper, comme pour affirmer son irrésistible pouvoir et déconcerter toutes les prévisions humaines ! — Malgré les exemples trop nombreux, hélas ! de ces événements funestes, l'imagination confondue ne peut se faire à l'idée que cette main amie, qui venait de serrer la vôtre, s'est en quelques instants refroidie et glacée à tout jamais. Se peut-il que si peu de temps suffise pour séparer la vie de l'éternité, pour enlever à sa famille son chef adoré, son unique appui, et aux pauvres leur consolateur et leur père ! La raison s'incline avec peine devant ces mystères insondables de la destinée, lorsqu'elle brise ainsi, par des arrêts aussi cruels qu'inattendus, les liens les plus chers, les plus précieuses existences.

Vous savez tous ce qu'il fut, Messieurs, celui dont nous entourons le cercueil, mais il nous appartient de le redire pour rendre ici un juste et dernier hommage à sa mémoire. C'est un triste et pieux devoir qui nous est imposé par une amitié et une collaboration de quarante ans, et par la part que nous avions prise à former une union dans laquelle il a trouvé, près d'une compagne si digne de son amour et aujourd'hui si cruellement éprouvée, toutes les joies et tout le bonheur de sa vie.

Fut-il jamais un homme de relations plus faciles, d'un commerce plus aimable et plus sûr, d'une plus grande franchise et d'une plus entière loyauté ? Une froideur qui n'était qu'apparente cachait en lui la sensibilité la plus exquise et le cœur le plus chaleureux. Chacun a pu apprécier, sans doute, sa probité rigide et l'inflexibilité de ses principes ; mais il a été donné à peu de personnes de connaître, comme nous, la noblesse de ses sentiments et les secrets d'une délicatesse qu'il n'est même pas permis de révéler sur cette tombe, mais qui seront, à nos yeux, l'éternel honneur de sa mémoire.

Celui que nous accompagnons à sa dernière demeure a consacré sa vie entière au service des pauvres, et s'il les a si bien servis, c'est qu'il les a beaucoup aimés. Accessible à toutes les plaintes, sympathique à toutes les souffrances, il puisait dans les trésors de sa charité des consolations pour toutes les misères et des adoucissements pour toutes les douleurs. Nul n'était plus ingénieux à rencontrer ces bonnes paroles qui trouvent le chemin du cœur et y versent comme un baume salutaire.

Placé successivement à la tête des hôpitaux les plus importants, il s'est élevé par son mérite à la direction de l'établissement hospitalier le plus vaste du monde. C'est sur cet immense théâtre qu'il a pu le mieux déployer les rares qualités qui le distinguaient si éminemment, et qu'il a su par sa bonté, par son esprit conciliant, conquérir l'affection unanime de la population si nombreuse, et en même temps si difficile, il faut le dire, qu'il était chargé de gouverner.

La mission qui lui était dévolue était grande et belle : vous savez s'il l'a dignement remplie, et l'on doit d'autant plus l'en louer, qu'il n'avait d'autre mobile que l'amour du bien et le sentiment du devoir. Car, il n'est peut-être pas sans utilité de le proclamer : dans ces fonctions modestes, mais importantes et périlleuses, et un peu trop méconnues, quel horizon s'ouvre devant vous ? — Une carrière des plus limitées et sans issue brillante, l'aspect et le contact continuels de la souffrance, la perspective d'une épidémie ou d'un fléau qui vous appellera sur la brèche et vous emportera peut-être. Là, point de fortune à espérer, peu ou point de distinctions à prétendre. Témoin cet homme d'élite, aimé, estimé et regretté de tous, ce directeur modèle d'un hospice de cinq mille âmes, qui, après trente-huit années de services, — et de quels services ! — descend dans la tombe sans avoir eu la joie de voir briller sur sa poitrine le signe de l'honneur, et qui ne laisse pour tout bien à sa veuve, à sa nombreuse famille, que la mémoire d'une honorable vie et le souvenir de ses vertus.

Mais il n'a pas connu, du moins, les angoisses de la mort, il n'a pas ressenti la douleur d'une séparation éternelle, et sa fin n'a pas été troublée par la pensée des angoisses, plus pénibles encore, de ceux qui lui survivent : le ciel en soit béni !

Ame noble et généreuse, remonte à ta source céleste ; c'est là que t'attendent des récompenses proportionnées à tes mérites. —Quant à nous, nous te pleurons amèrement, et tu vivras toujours dans nos cœurs. — Adieu ! excellent ami, adieu ! ! !

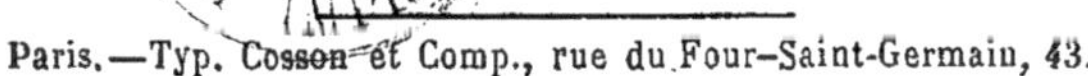

Paris.—Typ. Cosson et Comp., rue du Four–Saint-Germain, 43.